浪花朵朵

托尼是辆大卡车

[美] 彼得·斯坦 著 [美] 鲍勃·斯塔克 绘

李小发 译

成都时代出版社
CHENGDU TIMES PRESS

托尼是辆结实的大卡车,
他要运输的东西特别多。
装了满满一车厢,顺利出发啦!

托尼很强壮,跑得超级快,
而且总是很准时。
可是这一天,**倒霉**的事情发生了……

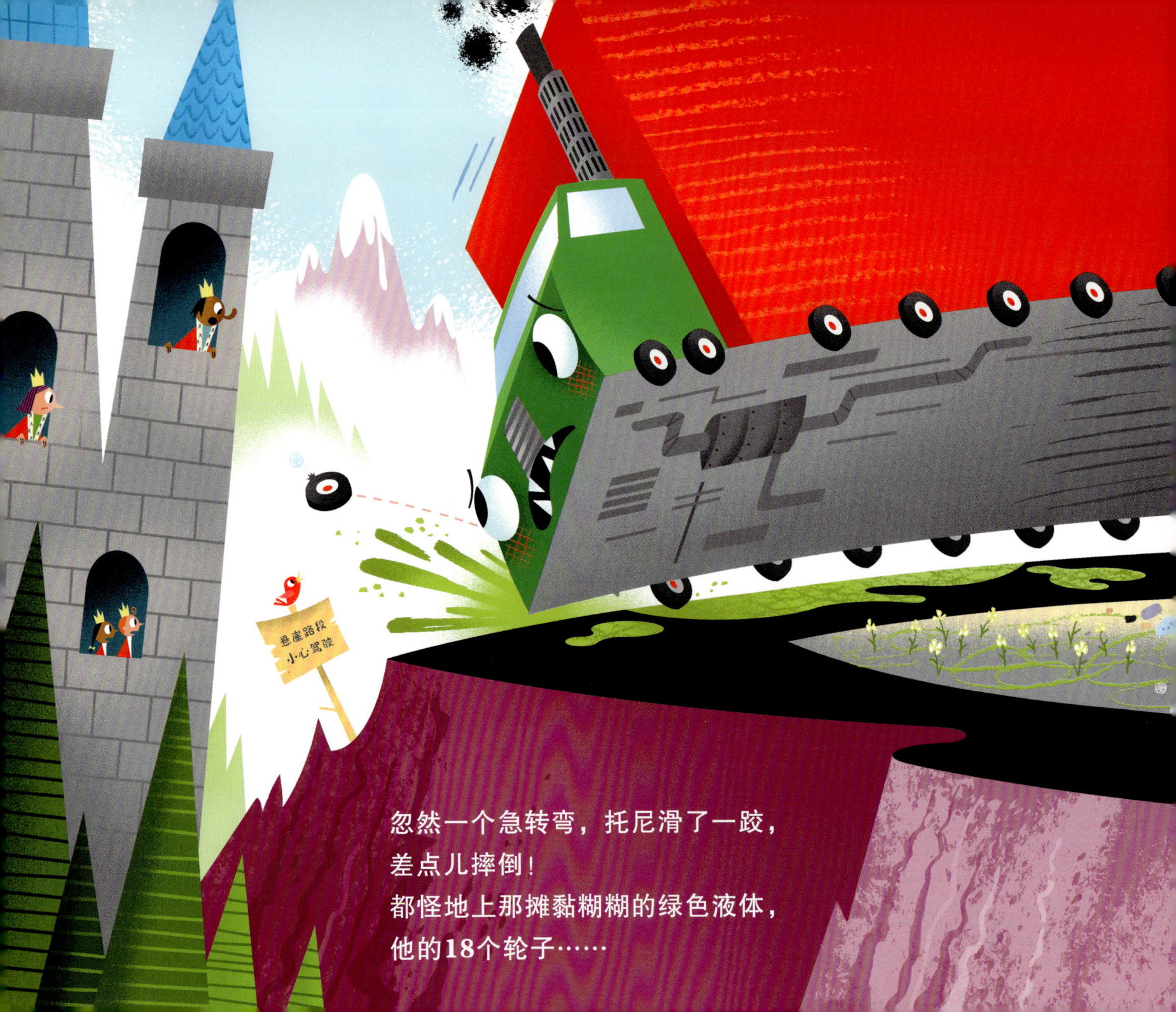

忽然一个急转弯,托尼滑了一跤,
差点儿摔倒!
都怪地上那摊黏糊糊的绿色液体,
他的18个轮子……

前面的路真糟糕，
托尼跌跌撞撞地跑着，
"我感觉……我的轮子又要掉了。"
倒霉的托尼担心地说道。

托尼现在还有15个车轮,他沿着乡间小路跑呀跑。
忽然,他看见鸭妈妈朝他走过来,
"还有3只鸭宝宝!"托尼惊叫道。

他灵机一动,飞速起跳,
越过了这群小鸭子,
但当他落地时——

托尼的任务还没有完成——
现在不能打退堂鼓。

他咬紧牙关继续跑,
　　直直地冲进了……

黑暗中。

托尼感觉身体被钳子狠狠地  了一下,疼得要命!

没错,就是这伙盗贼,
又把他的车轮偷走了3个!

轮子掉了9个,还剩下9个!
但托尼一刻也没停下!
这辆满载货物的大卡车,
摇摇晃晃地前行着。

虽然受了伤，
但托尼很坚强，
他坚定地继续向前奔跑，
突然——

哐当! 托尼不知怎么的,
竟撞上了一艘**宇宙飞船**!

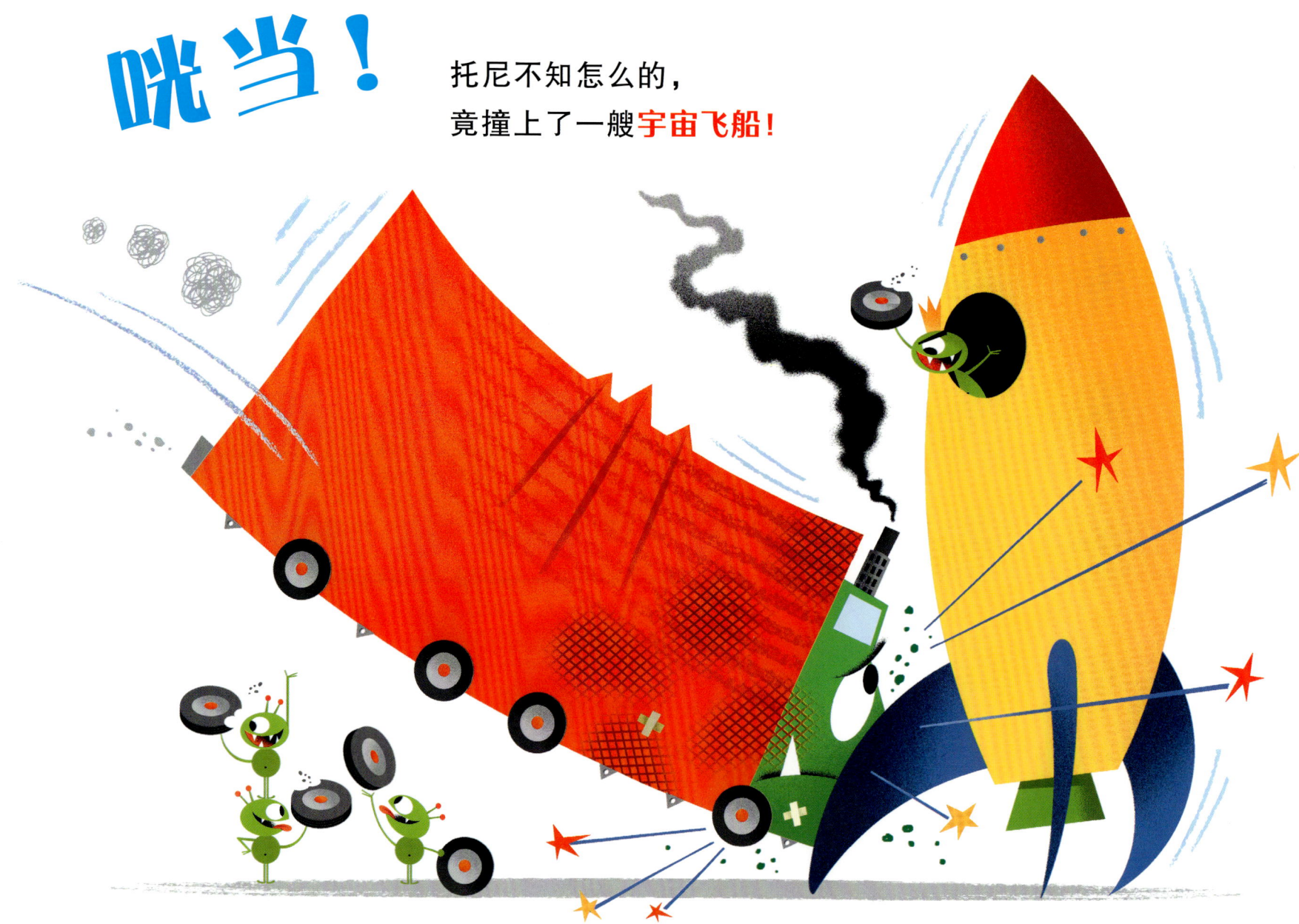

外星人一起冲向他,狼吞虎咽地吃掉了他的5个轮子!
"谢谢你,地球人,"他们的国王说,"是你让我们饱餐了一顿。"

托尼几乎失去了控制,还能继续前进吗?他的轮子掉了14个,现在只剩下4个了!

"我必须做到!"托尼对自己说,"我一定能行!"
"我要把货物准时送达,一分一秒都不差!"他一边喊着,一边努力地向前跑。

可是……**噢，天哪！** 一颗螺母弹了出去。
接着，又飞走了一个齿轮、一根弹簧、
一枚螺丝钉……
这一路疯狂的遭遇，让这些零件松动了！托尼现在该怎么办呢？

"**啊！**"他尖叫道，"又有3个轮子不见了！我现在只剩最后1个了！
我快坚持不住了，但我决不能退缩——

"等一下，"托尼喘着粗气，快要崩溃了，
"我没看错吧？
前面那幢楼，就是目的地！"

眼看就到终点了，托尼又鼓足了劲儿。
"我要用尽全力！"
说着，他猛地**向前冲去**！

你可能以为,到这儿就完了,
托尼真是不走运!
但托尼并不这样想,
他可是辆坚强的大卡车!

当他的第18个不听话的车轮
不知道落在哪里时,
托尼加大油门,一跃而起,
飞喽!

悬崖和峭壁、毛茸茸的小鸭子、可怕的小偷、疯狂的外星人，还有那摊黏糊糊的绿色液体……
经历了这一切之后——

托尼失去了所有的轮子,
浑身沾满了油污和泥巴……
终于"着陆"了,
托尼发出一声响亮而自豪的——

"耶!

"太好了!"筋疲力尽的托尼大喊道。
"终于到站了!
今天的任务就要完成啦!"

"我现在就要卸下这满满一车货!"

送给朗尼、罗里和特拉维斯。
——彼得·斯坦

致"风火轮"的品牌创始人艾略特·汉德勒。
——鲍勃·斯塔克

本故事内容纯属想象，小朋友们可不要当真哟！
虽然托尼很厉害，但在现实生活中，没有轮子的卡车是不能在路上正常行驶的。

First published in the United States of America by Viking, an imprint of Penguin Random House LLC, 2020
Text copyright © 2020 by Peter Stein
Art copyright © 2020 by Bob Staake

图书在版编目（CIP）数据

托尼是辆大卡车 /（美）彼得·斯坦著；（美）鲍勃·斯塔克绘；李小发译. -- 成都：成都时代出版社，2022.7（2024.6 重印）
ISBN 978-7-5464-3063-8

Ⅰ.①托… Ⅱ.①彼…②鲍…③李… Ⅲ.①儿童故事—图画故事—美国—现代 Ⅳ.①I712.85

中国版本图书馆CIP数据核字(2022)第062183号

All rights reserved including the right of reproduction in whole or in part in any form.
This edition published by arrangement with Viking Children's Books, an imprint of Penguin Young Readers Group, a division of Penguin Random House LLC.

本书中文简体版权归属于银杏树下（上海）图书有限责任公司

著作权合同登记号：图字21—2022—85号

托尼是辆大卡车
TUONI SHI LIANG DA KACHE

作　者：[美]彼得·斯坦	印　刷：雅迪云印（天津）科技有限公司
绘　者：[美]鲍勃·斯塔克	开　本：889毫米×1092毫米　1/16
译　者：李小发	印　张：2.5
出品人：达海	字　数：31千字
选题策划：北京浪花朵朵文化传播有限公司	版　次：2022年7月第1版
出版统筹：吴兴元	印　次：2024年6月第2次印刷
编辑统筹：彭鹏	书　号：ISBN 978-7-5464-3063-8
责任编辑：李佳	定　价：48.00元
责任校对：李卫平	
责任印制：黄鑫　曾译乐	官方微博：@浪花朵朵童书
特约编辑：胡晓雪	读者服务：reader@hinabook.com 188-1142-1266
营销推广：ONEBOOK	投稿服务：onebook@hinabook.com 133-6637-2326
装帧制造：墨白空间·杨阳	直销服务：buy@hinabok.com 133-6657-3072
出版发行：成都时代出版社	
电　话：（028）86742352（编辑部）	后浪出版咨询（北京）有限责任公司　版权所有，侵权必究
（028）86615250（发行部）	投诉信箱：copyright@hinabook.com　fawu@hinabook.com
网　址：www.chengdusd.com	未经许可，不得以任何方式复制或者抄袭本书部分或全部内容
	本书若有印、装质量问题，请与本公司联系调换，电话010-64072833